VERSIÓN PARA AMÉRICA LATINA

Dirección editorial: Tomás García C.
Edición: Jorge Ramírez C.
Traducción: E.L., S.A. de C.V., con la colaboración de Rémy Bastien V.D.M.
Adaptación de portada: E.L., S.A. de C.V., con la colaboración de Pacto Publicidad, S.A. de C.V.
Formación: Alejandro Serrano C. y Víctor Hugo Romero V.

Título original: *18 histories de Princesses et de fées*

"D.R." © MMVI Éditions Hemma (Bélgica)

"D.R." © MMVII por Ediciones Larousse, S.A. de C.V.
            Londres 247, México, 06600, D.F.

ISBN: 978-280-06-9304-0 (Éditions Hemma)
            978-970-22-1449-6 (Para esta obra)

PRIMERA EDICIÓN

Impreso en México – *Printed in Mexico*

Historias de Princesas y hadas

Textos de :

Élodie Agin, Calouan, Sophie Cottin,
Françoise le Gloahec, Corinne Machon,
Madeleine Mansiet, Mireille Saver

Ilustraciones de :

Cathy Delanssay, Évelyne Duverne,
Dorothée Jost, Oreli Gouel, Virginie Martins,
Jessica Secheret.

Hemma

La sonrisa de la princesa

Élodie Agin - Cathy Delanssay

La princesa Clarisa ha perdido su sonrisa.
Su padre, el rey, está muy preocupado, pues ella
tiene un aire tan triste que la gente se echa a correr
de sólo verla.

6

Sonrisa de Princesa

Un día, el rey dice, suspirando:
—Es sumamente importante sanarla.
La princesa tiene que recuperar su sonrisa.
Hizo venir a médicos y magos de todos
los continentes. Ella bebió litros de jarabes
de color y toneladas de pastillas perfumadas.
Pero todo eso no produjo cambio alguno.

Un día llegó al reino un pequeño marinero llamado Maló, que
en su barco traía una hierba mágica.

La mostró a la princesa, y ella sacudió la cabeza:

—He probado todos los remedios que me han traído y hasta
ahora ninguno ha funcionado. ¡Ya no quiero más! Ya no quiero
tomar nada.

Ahora Clarisa mantenía la boca firmemente cerrada.
Maló insistió:

—Ya verás, con mi hierba sanarás. Y además te lo
voy a demostrar.

El pequeño marinero tomó a la princesa de la mano y la llevó hacia el pueblo
En el camino se toparon con una mujer anciana que cojeaba.

Maló, el pequeño marinero, le extendió una brizna de hierba.

Dos minutos después la anciana trotaba.

La princesa y el marinero fueron de casa en casa regalando
la hierba mágica.

A su paso, la fiebre disminuía, las mejillas se coloreaban,
las enfermedades desaparecían.

Sembraron alegría en todo el pueblo.

9

Clarisa corría de un lado a otro.

Sus ojos resplandecían, pero el montón de hierbas
se reducía.

De pronto, Maló le dijo:

—Princesa, ¡es la última brizna de hierba! Tienes que
guardarla para ti.

Clarisa no vaciló:

—No. Ese niño que está allá la necesita más que yo.

Y, cuando le extendió al pequeño niño la última brizna
de hierba, una sonrisa iluminó el rostro de la princesa...

La princesa Cereza

Corinne Machon - Oreli Gouel

Esto ocurrió hace mucho tiempo, en la época en que la magia y la hechicería existían a la luz del día. Un hada de los pantanos, vieja y fea, estaba muy celosa de la hija del rey, la princesa Cereza.

Un día en que ésta se paseaba a la orilla del agua, le echó el más ruin de los sortilegios, transformándola en una rana roja.

—Que este encantamiento sea en adelante tu suerte de todos los días. Sólo el beso de un mortal te devolverá tu personalidad...

Y con una risa terrible desapareció, dejando a la princesa a su triste destino.

Así pasaron los meses... pero nuestra princesa rana no perdía las esperanzas.
También se sucedieron los reyes y las reinas, hasta ese día de primavera en que
el rey Bernabé decidió que había llegado la hora de que su hijo tomara la corona.

Pero, ¡ay!, el príncipe Fergus estaba muy melancólico y no tenía deseos
de gobernar. Su padre, que soñaba con retirarse y ver crecer a sus nietos,
golpeó la mesa con el puño y gritó:

—Hijo mío, ¡ya basta! Hoy, fiesta de la primavera, tienes
la obligación de visitar nuestro reino.

Después tronó los dedos, haciéndoles
una seña a sus sirvientes devotos.

—Báñenlo, vístanlo, péinenlo y, en lo que hacen
todo eso, colóquenle una escoba en la espalda para que se
mantenga derechito en la carroza.

—¡Sonríe, qué caray! ¡Sonríe! —le gritó su padre, como último consejo.

Sobre los caminos llenos de baches, el príncipe se adormeció rápidamente.
La escoba que le habían colocado en la espalda le daba un aire de títere.

Se despertó sobresaltado.

—¡Se descompuso la carroza, Vuestra Majestad! —gritó el cochero—. Nos llevará
tiempo repararla. Puede usted ir a pasear.

El príncipe descendió de la carroza y se dirigió al estanque
que nuestra princesa rana había escogido como lugar para vivir.

—¡Buenos días! —le gritó ella con mucha fuerza.

Los ojos del príncipe se vieron atraídos por la pequeña mancha roja.

—¡Estás en mi casa! ¿Quién te dio permiso para invadir mis dominios?

Por primera vez en mucho tiempo, se despertó la curiosidad del príncipe.

—El reino entero me pertenece —prosiguió la ranita—. Llévame contigo y te lo demostraré.

El príncipe se dejó convencer por la idea, y reanudó su viaje en compañía de la ranita, que le presumía todas las bellezas de su país.

—¡Quédate conmigo, pequeña rana! —le suplicó—. Te daré lo que quieras —agregó el príncipe, cuya melancolía había desaparecido.

—¿En verdad? Pero dime, ¿me darías un beso?

—¿Un beso? ¡Vaya idea! ¡Tu color rojo me produce un poco de desconfianza! ¿No quedaré cubierto de ronchas?

Ella hundió sus hermosos ojos oscuros en los del príncipe.
—Un beso, y me quedo... —murmuró ella.

El príncipe respiró hondo y besó a la ranita, que, en medio de
una lluvia de pequeñas estrellas, se convirtió en la más bonita
de las princesas.
De regreso al castillo, se fijó la fecha de su boda. El rey,
encantado, se apresuró a encargar las cunas para los futuros
pequeños traviesos...

El capricho de Sherezada

Calouan – Jessica Secheret

En el palacio del sultán Arbous todo es confusión. La princesa Sherezada tiene ganas de comer crepas, pero en las cocinas nadie conoce la receta de esas extrañas tortillas planas.

Sherezada pega de brincos, grita y echa por tierra la hermosa vajilla.

Pero nadie conoce la receta.

Si bien Sherezada es una princesa conocida en el mundo entero por su gran belleza, se sabe también que sus cóleras son terribles y que no hay que contrariarla.

El sultán, su papá, trata de razonar con ella:

—Pero, mi gran belleza, ¿qué es este último capricho? ¡Nadie jamás ha oído hablar de ese postre que tanto deseas!

—No es un capricho, querido papá. Descubrí esa delicia en uno de los libros que me regalaste. Viene de Occidente.

—Pero, ¿sabes tú cómo se preparan?

La pequeña princesa oriental no tiene la menor idea. Pero por otra parte sabe, con toda certeza, que quiere comerlas.

Mas nadie en el palacio conoce la receta de ese misterioso manjar que ella exige.

Entonces la joven va a buscar la famosa obra y se la muestra al cocinero del palacio: hay que colocar un líquido blancuzco en una sartén, cocinarlo y hacerlo saltar por el aire para recuperarlo por su otra cara.

—¿Nunca se ha visto cocinar algo así? ¿Hacer saltar los alimentos? ¡Realmente no son costumbres propias de nosotros!

Ante la desesperación de su hija única y adorada, el sultán Arbous envía a su perico Kokoun a informarse en los palacios vecinos.

Kokoun visita al sultán Nidiouf, pero nadie ha oído hablar de esa tortilla llamada "crepa".

Después va al palacio de Mazid, donde tampoco tiene éxito alguno.

Cuando llega al palacio del sultán Bazet, comienza a sentirse agotado por su viaje. Por casualidad, parece que un joven sirviente de la sultana Nora viene de muy lejos, y relata leyendas e historias extrañas, desconocidas por todos. Se llama Marc, y cuando Kokoun lo interroga, le responde:

—¿Que si conozco la receta de las crepas? ¡Pero claro! Llévame ante Sherezada y yo le cocinaré lo que ella tanto desea.

La verdad es que no conoce la receta de las crepas, pero recuerda que cuando era pequeño su abuela se las cocinaba. Para seducir a la hermosa Sherezada está dispuesto a todo, incluso a inventar una nueva receta.

Al llegar al palacio, Marc es llevado a la cocina y le prohíbe a cualquiera
permanecer a su lado.

Estudia el libro de Sherezada y hace una larga lista para que puedan llevarle
los ingredientes necesarios.

Rompe, bate y mezcla, sacude y además agrega una pizca de esto,
una gota de aquello.

Detrás de la puerta, sorprendidos, todos escuchan ruidos muy extraños.

Cuando todo queda terminado, lleva ceremoniosamente, sobre un plato de plata, una docena de pequeñas tortillas, doradas y azucaradas.

—¡He aquí las crepas para usted, Alteza! —exclama orgullosamente.

Sherezada las prueba con gusto. Queda completamente satisfecha. ¿Quién sabrá si en realidad es la auténtica receta?

Desde entonces, Marc ya no se despega de la bella. Para gran felicidad de los dos.

Eglantina y Azur

Calouan - Évelyne Duverne

Desde hace muchas lunas, Eglantina recorre los horizontes sobre su escoba.

Ha transformado a tantos hombres jóvenes y guapos en sapos apestosos que eso ya no le divierte.

Y su caldero ha hervido tanto que ya ninguna poción mágica tiene secretos para ella.

Esta noche, como ya ha ocurrido tantas veces, sobrevuela el mundo con la esperanza de encontrar un niño a quien espantar, un monstruo al cual combatir o un maleficio que lanzar.

Hoy se ha convertido en la mejor hechicera de la Tierra, la más temida. Pero eso ya no le produce el placer de antes.

Se mira en su espejo cuarteado por el centro.

Ve su nariz ganchuda con una horrible verruga en la punta, sus dientes rotos y ennegrecidos y los hilachos de su cabello del color de las hojas del otoño.

Baja los ojos: viste el mismo traje de bruja desde hace tanto tiempo.

El largo vestido negro que la envuelve hasta debajo de los tobillos, sus zapatos alargados con grandes hebillas que le lastiman los dedos gordos de los pies y su célebre sombrero puntiagudo que ya no soporta más.

Desde hace varias noches sueña
con colores y música.
Se dice a sí misma que debe ser agradable
el ser bella. Le gustaría tener una sonrisa
encantadora y cabellos suaves y brillantes.
Se imagina elegante, enfundada
en hermosos vestidos sedosos.

Quisiera sentirse amada.
Sueña que un príncipe romántico, encantador
y amoroso se la lleva sobre su impetuoso caballo
para pedirle que se case con él.

De pronto, Eglantina escucha un ruido en el
silencio de la noche. ¿Llantos?... ¡Sí! ¡Son llantos!

25

Ante ella, sentada sobre un banco de piedra, detrás de pesados barrotes, llora una joven princesa.

Una bonita princesa con cabellos maravillosos, que lleva un vestido de tela delicada.

Eglantina se acerca, curiosa.

¡Vamos! Esta joven mujer tiene todo lo que desea, pero a pesar de todo, llora.

Sin realmente darse cuenta de lo que ella misma hace, la hechicera desdentada la interroga:

—Vamos, muñeca, ¿qué es lo que anda mal?

La bella levanta sus ojos inundados de lágrimas y responde sin miedo, con una voz tan dulce que le corta el aliento a Eglantina:

—Mi padre quiere que me case con el príncipe del Bosque de Ortigas, pero yo no quiero hacerlo. Yo no lo amo. Y no quiero terminar mi vida encerrada en un castillo para sólo vestir prendas magníficas, esperando a que concluya el día. Quiero ver el mundo. Quiero conocer a otras personas, otros paisajes. Quiero respirar otros aires. Aquí me siento prisionera...

Eglantina se posa al lado de ella y murmura con su voz gangosa:

—¿Cómo es el príncipe del Bosque de Ortigas?

Azur levanta la cabeza:

—Dicen que es muy hermoso, pero a mí no me atrae. No me interesa. La boda se realizará mañana. Prefiero morir esta noche que obedecer a mi padre.

—¿Y si yo te propusiera un intercambio?

—¿Un intercambio? ¿Un sortilegio quizás? Transfórmame en pájaro para que pueda volar lejos de aquí y te doy todo lo que desees...

—Escucha, estoy harta de ser esta repulsiva bruja a la que todo el mundo teme. Quisiera descansar, al calor del amor de un príncipe, atendida y adorada. Envidio tu belleza y el brillo de tus cabellos, tu cuerpo fino envuelto en hermosos vestidos. ¿Quieres tomar mi lugar? Y yo me casaré por ti con el príncipe del Bosque de Ortigas.

Azur abre mucho los ojos. Claro que esta hechicera es repulsiva, pero su oferta es tentadora.

—¿Estaría obligada a hacer el mal?

—No, desde luego que no, pero verás que la gente huirá de ti y que nadie te amará. Eso no siempre es divertido. Pero quizá sabrás cambiar eso y complacer...

La dulce princesa mira la escoba que puede llevarla a los confines de la Tierra y consiente:

—¡De acuerdo, acepto el intercambio!

Esta noche ya no vivirá detrás de los grandes muros de piedra y los pesados barrotes de acero de su prisión dorada. Esta noche va a partir tan lejos como lo desee, va a respirar, a vivir y volar, volar...

Esa noche Eglantina se dormirá en una cama mullida, soñando con el bello príncipe que mañana posará sus labios sobre los suyos.

Una corona de princesa

Madeleine Mansiet - Cathy Delanssay

La vida de una princesa no tiene nada de chistoso! Segolena se aburre en su gran castillo. Lleva hermosos vestidos, pero no tiene amigos. Todo el día escucha los mismos consejos:

—Una princesa le dice Majestad a su mamá. No llora, ¡ni se embadurna las mejillas comiendo chocolate!

—Pero, mamá...

—Una princesa no habla con la boca llena. No camina mirando sus pies...

Segolena suspira. ¡Cómo quisiera ya ser una persona grande!

Pero, ¿una princesa no debe dar el ejemplo?

—¿Qué regalo deseas recibir para tus seis años? —le pregunta la reina.

La chiquilla reflexiona, y dice entonces:

—Ese día me gustaría ser la hija del jardinero. ¡O la del panadero!

—¡Qué curiosa idea! ¿Ser la hija amada de un rey no te conviene?

—No puedo ni siquiera besarla, madre... Vuestra Majestad, por temor a mover su corona. En cuanto a mi padre, el rey, siempre está tan ocupado que no tiene tiempo ni para mirarme.

—Ese regalo no se te puede conceder. Es un capricho de niñita mimada. No cambia una de padres como de camisa o de juguete. ¡Elige otra cosa!

Segolena reflexiona un momento más...

—Que Vuestra Majestad me permita invitar a niños de mi edad y que me deje vivir ese día de acuerdo con mi fantasía.

—Ese permiso te lo concedo. Invita a quien desees.

La hija del rey invitó a los hijos de los sirvientes del castillo y a todos los del pueblo. Llegaron disfrazados de príncipes y princesas, luciendo en las cabezas coronas de cartón con perlas falsas.

Segolena llevaba un vestido de campesina que pidió prestado a la hija de la lavandera. Durante el día nuestra joven princesa hizo todo lo que le tenían prohibido hacer. Comió con los dedos, se embadurnó de chocolate, de mermelada, engulló pasteles de crema que goteaban sobre su vestido.

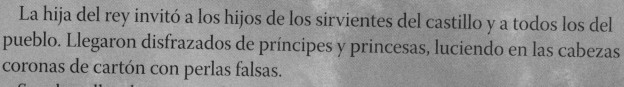

Sus invitados visitaban los salones del castillo. Cuando se encontraban, se inclinaban en profundas reverencias y se decían con voz elegante:

—¿Cómo le va, Alteza?

En verdad, eso les divertía mucho.

—¡Qué bonito es donde vives! —se maravillaba Estefanía, la hija del panadero.

—¿Sabes? La vida en un castillo muchas veces es triste —dijo Segolena.

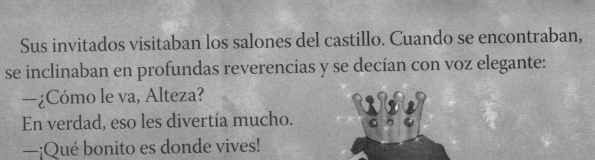
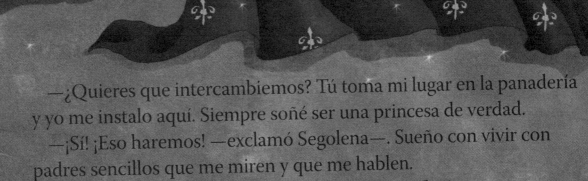

—¿Quieres que intercambiemos? Tú toma mi lugar en la panadería y yo me instalo aquí. Siempre soñé ser una princesa de verdad.

—¡Sí! ¡Eso haremos! —exclamó Segolena—. Sueño con vivir con padres sencillos que me miren y que me hablen.

—¿Sabes...? Tendrás que trabajar —agregó Estefanía.

—Vender pan, ¡qué felicidad!

Cuando concluyó la fiesta, Segolena salió del castillo con su vestido de campesina y se presentó en la panadería. Los padres de Estefanía estaban asombrados, pero aceptaron el intercambio. No era más que un juego.

El rey y la reina ni siquiera se dieron cuenta de que su hija ya no era la misma. ¡Eran tan distraídos!

Del amanecer al crepúsculo, Segolena jugaba a ser panadera. El primer día fue muy divertido, y el segundo también:

—¡Y un pan redondo para la señora, dos cuernos para el señor, un kilo de harina, un pastel de manzana!

Envolvía los pedidos, echaba el dinero a la caja, corría al horno, ¡regresaba para atender a los clientes!

34

Al tercer día le costó levantarse, por lo cansada
que se sentía.

Al cuarto día preguntó:

—¿Puedo ir a dar un paseo?

—Termina tu trabajo y entonces
quedarás libre para salir.

Había caído la noche cuando
Segolena dobló su mandil y se fue
a acostar.

—¡Así es, pues, la
vida de una hija de
panadero!

Estefanía había visitado todo el castillo. Comenzaba a aburrirse de sus padres y de cómo trabajaban, extrañaba el buen olor a pan. Ya no le tenía envidia alguna a Segolena.

Entonces, la noche del séptimo día, se vio que las niñas regresaron, una a su castillo, llevando una corona de perlas y de diamantes en la cabeza, y la otra a su panadería, llevando una corona de pan bajo el brazo. Las dos fueron recibidas con alegría y alivio.

—¡Por fin la tenemos de regreso! —exclamó la reina abrazando a su hija con tal fuerza que se le movió la corona.

¿Entonces sí se había dado cuenta de su desaparición?

—Ya era hora de que regresaras —le dijo la panadera a Estefanía—. Tu padre estaba tan triste de ya no verte que se le quemó su hornada.

Las dos chiquillas retomaron su lugar en sus hogares,
y también sus obligaciones.
Desde entonces, Segolena tiene una amiga.
Ya no se aburre. Sabe que es amada por sus padres,
aunque para su gusto sean un poco severos.
A veces se le ocurre ir a vender pan a la panadería.
Y Estefanía está muy orgullosa de haberse convertido en la amiga
de una princesa de verdad. En la panadería del pueblo se vende
ahora un pastel que se llama "Princesa Segolena". ¡Es delicioso!

Princesa
Segolena

La princesa de los 999 zapatos

Sophie Cottin - Oreli Gouel

Taya es una princesa y, como todas las princesas, vive en un castillo, se desplaza en carroza y tiene por lo menos quinientos vestidos en su ropero. A cada vestido corresponden una corona, un abrigo, un collar, una pulsera y un par de zapatos, ¡lo que equivale a mil zapatos!

Su mamá, la reina, decidió inscribirla en la escuela del pueblo. Pero resulta que los niños no se atreven a hablar o jugar mucho con ella. ¡A fin de cuentas, es una princesa!

Todas las mañanas, para escoger su ropa del día, recorre su gigantesco ropero con la reina. Cuando está de buen humor, todo es rápido, pero si está enfadada, la cosa puede durar toda la mañana. Algunos días, su maestra se ve obligada a esperarla para comenzar la clase.

Esta mañana, como todas las mañanas, Taya se prepara con la reina. Quiere ponerse el vestido rosa con las fresas, la corona violeta, el collar amarillo, la pulsera roja, el saco con las conchas marinas y los zapatos de satín violeta con una hebilla de oro.

—No encuentro tu segundo zapato —dice la reina—, ¡pero puedes ponerte éstos!

—No —dice ella, sin mirarlos.

—Ponte entonces las sandalias azules o los escarpines con lunares.

—¡No, dije que no!

—Bueno, ¡ya basta! ¡Apúrate, que se nos hace tarde!

—¡No! ¡No y no! Como están las cosas, no voy a la escuela —responde Taya, haciendo berrinche.

La reina se impacienta. Le parece que Taya exagera.

—Como están las cosas, irás
a la escuela en pijama.

La reina la toma del brazo y
la lleva a la escuela.

Molesta, Taya patalea, llora,
resopla, se debate, tropieza y
cae de cara en el lodo. Cuando
llega a la escuela, uno de los
chicos suelta la carcajada:

—La princesa se equivocó de
día, ¡hoy no es día de carnaval!

Taya tiene lágrimas en los ojos. La maestra, conmovida, decide ayudarla:

—¿Y por qué no? —propone—. Declaro concluida la clase. ¡Que comience el carnaval!

Los niños están encantados. Tiran cuadernos y plumas, se suben a las mesas, se maquillan con pintura y jalan a Taya a una ronda.

No es carnaval, pero todos somos reyes porque estamos locos, ¡de felicidad!

Ya es un hecho, Taya se divierte y ahora los niños ya no serán tímidos. La reina nunca encontró el zapato.

Ahora Taya tiene quinientos vestidos, 999 zapatos y muchos amigos.

Los regalos de Misato

Calouan - Evelyne Duverne

Hace mucho, mucho tiempo, vivía un emperador poderoso y respetado. Pero cada tarde, cuando se ponía el sol, este gran hombre se desesperaba. No tenía hijos.

El emperador Hu Ling acababa de cumplir cuarenta años cuando su esposa le informó que el "prodigio" había tenido lugar. Siguió con atención el desarrollo del vientre de su esposa, y hubo gran felicidad en el palacio cuando nació Misato y dio su primer grito.

—¡Es una niña! ¡¡El emperador Hu Ling tuvo una niña!!
Misato crecía rodeada de amor y de atenciones y se convertía en una hermosa niñita de piel lechosa y fina, de mejillas rosadas y cabellos relucientes, tan negros como el jade.

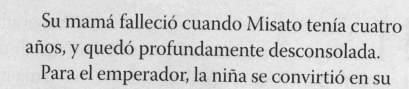

Su mamá falleció cuando Misato tenía cuatro años, y quedó profundamente desconsolada.

Para el emperador, la niña se convirtió en su más preciado amor.

Cada día se parecía más a su madre.

Misato estaba orgullosa de su padre y lo amaba tiernamente, pero su corazón estaba pesado como una piedra.

La llenaba de regalos y Misato se volvió caprichosa.

Como nadie podía devolverle a su mamá, imponía los más increíbles caprichos.

Al cumplir cinco años pidió de regalo un cachorro de león, y hubo que viajar muy lejos, fuera del imperio, para llevarle el animal a la niñita. El bebé león se convirtió rápidamente en adulto y era peligroso dejarlo en compañía de Misato. Hubo que deshacerse de él.

Para su décimo cumpleaños pidió un vestido bordado con rayos de sol. El emperador convocó a los mejores costureros. Y viajaron a la cima de la montaña más alta del imperio.

Trepándose uno sobre la espalda de otro, formaron una pirámide muy alta. Y en lo que transcurre un segundo, el más elevado de los diseñadores extendió el brazo hasta arriba y se aferró a un hilo de oro, arrancándolo con delicadeza del astro luminoso.

Así, los costureros lograron un bello prodigio y la princesa tuvo su vestido bordado. Hu Ling, loco de felicidad y reconocimiento, los felicitó ampliamente.

Sin embargo, la pequeña princesa lamentó que su mamá no estuviera presente para admirarla en su espléndido vestido, durante la gran fiesta que se daba en su honor. Guardó para siempre la prenda dorada y se encerró un poco más en su tristeza.

Por la mañana, el día en que cumplía quince años, mientras Misato paseaba en los jardines del palacio, contemplaba la fragilidad de las rosas que tanto había amado su mamá. El sol, que ascendía por encima de los árboles, hizo resplandecer las gotas de rocío sobre los pétalos de las soberbias flores. La naturaleza parecía brillar, y ella sintió fuertemente la salvaje belleza del momento.

Se dijo a sí misma que sería un maravilloso homenaje a su mamá si llevara al cuello un collar de aquellas perlas de rocío.

Entró precipitadamente al palacio, despertó al emperador y expuso su petición. Hu Ling, enternecido, no pudo rehusarse. De nueva cuenta los deseos de su hija parecían imposibles de satisfacer, ¡pero si ello podía devolverle la sonrisa!

47

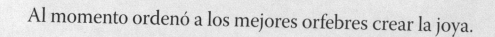

Al momento ordenó a los mejores orfebres crear la joya.

Cada mañana, a la salida del sol, iban al jardín del palacio e intentaban, en vano, capturar aquellas perlas. Se presentaron al quinto día con las manos vacías.

—¿Dónde está la joya? —preguntó Hu Ling, temiendo la respuesta que seguiría.
—Vuestra Majestad, lo sabe usted tan bien como nosotros, nadie puede fabricar semejante collar —explicaron tristemente los artesanos.

Misato, decepcionada de no poder poseer la joya que tanto había soñado, entró en cólera.

En ese instante, hizo su aparición un hombre viejo.

Avanzó hacia el emperador tan respetado y le propuso:

—Ya que la princesa Misato, hija única de Vuestra Alteza, desea ese collar, voy a fabricar esa joya, pero con una condición.

—Todo lo que pidas, viejo hombre, será aceptado sin discusión —aprobó sin tardanza el emperador.

—Puesto que ese collar es un homenaje a la difunta emperatriz, es necesario que sea la misma princesa quien escoja las perlas más magníficas.

No hizo falta decir más para que Misato corriera hacia la cerca de rosas en los jardines del palacio, a fin de intentar recolectar las gotas más bellas.

¡¡Zuitttt!! En cuanto la princesa recogía una en la palma de su mano, se esfumaba al momento. ¡Lo intentó una y otra vez! Molesta, se volvió hacia el anciano que esperaba pacientemente a su lado.

—No lo lograré jamás. Estas perlas de rocío se me escapan de entre los dedos en cuanto las agarro...

—¿Quieres decir que es imposible fabricar semejante joya?

Misato tuvo que admitir, llena de pena, que en efecto era imposible. Caían lágrimas de sus ojos. Hubiera querido que su madre estuviera ahí para refugiarse entre sus brazos.

—¿Entiendes, bella princesa, que no puedes pedir a otros cosas imposibles?

Desde aquel día, la princesa Misato se ha vuelto tan dulce como bella, y se ocupa, sonriente, del jardín del palacio.

Desde entonces hay flores sublimes, llamadas rosas "Emperatriz", que florecen cada año y siempre en mayor abundancia.

¡Silencio, princesa Zelia!

Calouan - Jessica Sécheret

En el reino de Dorési, la princesa Zelia le reventaba los tímpanos a todo el mundo. Con su voz aguda de altísimo registro, en cuanto abría la boca hacía huir a quienes se cruzaban en su camino:

—¡Buenos días, querido amigoooooooo! ¡Yo soy la princesa Zeliiiiiiiia!

Muchas veces, cuando hablaba, los ventanales explotaban o los vasos de vino se rompían en mil pedazos. Sin embargo, Zelia era muy bonita y numerosos pretendientes llegaban a visitarla al castillo. Pero cuando Zelia contestaba:

—Siiiiii, siiiiiiii, te quiero de maridooooooo —el príncipe ponía "pies en polvorosa", y corría lo más lejos posible de la novia, dejándola abandonada.

El rey, su padre, quedó harto. Le pidió consejo a los mejores médicos. Zelia comenzó a tomar, diez veces al día, una cucharada de miel de acacia en un jugo de limón caliente para suavizar el tono de su voz.

—¡Hum, qué *deliciiiiiiia*! ¡Adoro la miel, *graciaaaaaaaaS*!

Zelia comía grandes caramelos blandos a todo lo largo del día para ahogar sus palabras estridentes, pero rápidamente ganó peso y quedó desconsolada:

—¡Qué *penaaaaaaaa*! ¡Miren cómo *engordééééééé*!

Hubo que ponerle un alto a la miel y a los caramelos blandos. ¡Y Zelia se puso a dieta!

Se le propuso un profesor de canto que le enseñara a modular
su voz. El maestro se arrancó uno por uno los pocos cabellos
que le quedaban. No tuvo el valor para perseverar...

—¡*Regreséééé*! ¡Siento que *yaaaaa progreséééé*!

Llevándose partituras, flauta y todo lo demás, nuestro amigo
huyó volando sin jamás mirar atrás.

Le colocaron entonces un gato sobre la garganta. El pobre temblaba nada más de pensar en convivir con esta jovencita. Se instaló cómodamente en las cuerdas vocales de Zelia, que tosía, tosía y volvía a toser.

—¡Cof! ¡Cof! ¡Cof! —tosía, escupiendo y gritando a lo largo del día.

Era ensordecedor, y no hubo otra manera de hacerla callar más que expulsar de urgencia al felino hecho una bola de nervios.

—¡Se *acabóóóóóó*! ¡Ya estoy *curadaaaaaaa*! —suspiró la princesa.

Zelia había vuelto a encontrar su voz y lo demostraba, feliz, de todo corazón.

—¡Cariños *mioooooooS*! *¡Aquiiiiiii* está *Zeliiiiiiia*!

¡Basta! Se distribuyeron tapones para todos, y se los metieron en los oídos.
Se pensó en una mordaza para ahogar sus sonidos.

—¡Mmmmm! ¡Mmm! ¡Mmmm!

¡Se creyó que el silencio había vuelto! ¡Uff! Por fin respiraban todos. Los
pájaros gorjeaban de nuevo. ¡¡Vamos, era el paraíso!!

Pero Zelia trataba de hablar bajo su mordaza y pronto se puso tan roja que le dio miedo al rey. Retiró la mordaza con un jalón seco y se escuchó entonces un retumbante:

—¡Ya *bastaaaaaaa*! ¡Déjenme hablar *tranquilameeeeeeente*!

Fue entonces cuando se presentó un nuevo pretendiente al castillo de la princesa. En verdad era muy guapo, y el rey esperaba sinceramente que salvara al reino llevándose a su hija hacia otros cielos.

También, cuando Zelia aceptó su petición:

—¡Siiiiii!

Todos contuvieron el aliento, pensando en ver huir al joven.

Pero, por toda respuesta, un pequeño "¿Cómo?" sorprendió a la bella.

Y es que Maxim era sordo y no le molestaba el altísimo registro de la voz de Zelia.

¡La boda se celebró de inmediato! Y se asegura que vivieron felices mucho tiempo.

La princesa Loquita Monita

Corinne Machon - Virginie Martins

El rey Gúdulo vivía siempre en temor de un ataque enemigo. Su gran castillo estaba más que fortificado, y cientos de soldados centinelas montaban guardia día y noche.

Todo ruido estaba prohibido. Incluso se había inventado un sistema único en materia de defensa. Era una caja que tenía un botón rojo, que al oprimirlo desencadenaba una alarma y un plan de defensa contra cualquier forma de ataque. Es decir, todo estaba más que preparado.

Entonces, un día, la princesa Loquita Monita pasó por ahí. Enterado inmediatamente de su presencia, el gran jefe de los ejércitos llegó hasta ella y le dio la lista de requisitos que había que cumplir para ser recibida por el rey.

La princesa no quiso saber nada al respecto. Encogió los hombros.

—¡Vuestro Gúdulo no me importa! ¡No echará a perder mis vacaciones, así que déjeme pasar o gritaré tan fuerte que el rey desatará un ataque!

Lo que ocurría llegó rápidamente a oídos del rey.

—¿Qué pasa? ¿Me atacan? ¿Dónde está mi botón rojo?

—¡Señor, cálmese usted! Sólo es la princesa Loquita Monita que viene a visitarnos.

—¿La registraron con todo detalle? ¿La hicieron pasar por el detector de mentiras, por el detector de metales? ¿Se verificó que trajera una autorización especial, firmada, sellada y estampada?

—Vuestra Majestad —dijo el jefe de los ejércitos en un arranque de valor—. Me temo, ¡ay!, que esta joven persona es de un carácter que no se puede amordazar fácilmente.

—¡Y aún no ha nacido el que me prohíba hacer algo! —dijo la princesa.

Al verla, a Gúdulo se le cortó el aliento.

¡Tanta belleza, tanta gracia! Su reacción fue muy diferente a la de sus guardias bigotones.

—¡Apodérense de ella! —gritó—. Átenla bien, me casaré con ella ahora mismo, en el más grande secreto, no vaya a ser que me la quiten.

—¡Calma, amigo mío! —se indignó la princesa—. Estoy en contra de vuestra idea de atarme, pero debo reconocer que me pareces algo divertido. No me opongo a una cena. Esta noche, digamos, a las 19:00 horas...

Fue una cena maravillosa, con un guardia detrás de cada vela. Al llegar al postre, el rey le confesó a la princesa su miedo enfermizo.

—Tengo miedo de que me despojen de lo que poseo, y ordeno que vigilen la Tierra y el cielo, de día y de noche. Pido incluso que revisen debajo de mi cama...

—Vamos, vamos, cálmese un poco, amigo mío. Esta noche, seré yo quien revise todo. Venga, que ya es hora de ponerse la pijama.

Loquita Monita mandó a descansar a los guardias.

Acompañó al rey a su habitación y, como le había prometido, revisó hasta los últimos rincones.

Después, con extrema dulzura, lo ayudó a meterse a la cama, lo acomodó y se le acercó para besarlo. ¡El rey estaba en las nubes!

Pero entonces, el pie de nuestra hermosa princesa dio con algo en lo que ya nadie pensaba: ¡el **botón rojo**! Al momento se oyó una alarma aguda y ensordecedora en todo el reino. De inmediato salió el ejército en un desorden espantoso.

Entonces, después de un momento, se vio que había ocurrido un error, se observó con espanto que se había caído completamente un muro del castillo. Era el muro de la recámara real.

Sentado sobre su cama real, en compañía de la princesa, entre edredones desplumados, el rey ya no tenía temor y los dos se reían estrepitosamente.

—Amiga mía, siempre tuve miedo de un ataque, pero eres tú quien ha llegado y destruido mi corazón.
¿Quieres ser mi esposa?

La princesa aceptó y, desde ese día, cada cual vivió sereno.
Se guardaron los cañones y toda la artillería para dar lugar a
calzadas de flores, donde cada cual se pasea como bien le parezca.
Y, como todo el ejército quedó bajo licencia, ¡los fieles guardias
del rey se convirtieron en jardineros!

El regalo de Madrina

Françoise le Gloahec - Cathy Delanssay

Ya es hora! ¡Hoy cumplo cinco años! —exclamó Cloe—. Madrina va a llegar. Para darme un besito, para comer mi pastel de cumpleaños y todo lo demás.

—¿Y traerte regalos? —preguntó Teo.

—Sólo tengo derecho a uno. Pero es muy grande. ¡Todo brillante! Madrina se lo dijo a mamá.

En ese momento se posa la carroza voladora. Madrina desciende.

¿Dónde está el regalo? Cloe está muy emocionada. Da de brinquitos sin parar, pero no se atreve a preguntar. Reclamar es de muy mala educación. Sobre todo entre las hadas. Ya se dieron todos los besitos. Y Cloe se aburre. Madrina lo entiende.

De los pliegues de su vestido color de luna, saca una caja. Ligera como pluma.

—¡Feliz cumpleaños, mi Cloe!

El paquete es muy pequeño, se dice Cloe.
No tendré una muñeca embrujada.
Ni siquiera un caldero que fabrique caramelos. La pequeña
niña jala el listón. Pero éste se defiende. Y le hace cosquillas.
Cloe insiste. Pero él se resiste. Un poco más.

Por fin, Cloe deshace el nudo. Y el listón sale volando.
Ella rasga el papel. Pero éste vuelve a reacomodarse.

—No dejes que se te imponga —dice Madrina.

—¡Es MI regalo —se enoja Cloe—.
¡Déjate quitar!

Entonces el papel obedece. Se abre,
y se dobla. Al momento, se escapan
miles de estrellas.

—¡Un cofrecillo! —exclama Cloe—.
¡Oh! ¡Se abre! ¡Es una vara mágica!
¡Como la tuya, Madrina! ¡Como la de
mamá! ¡Genial! ¡Soy el hada Cloe!

En el país de las Merlinetas

Calouan - Cathy Delanssay

En el país de las Merlinetas las flores son inmensas, multicolores, abrumadoras, olorosas. Soberbias. Los árboles dan frutos pulposos, rellenos de jugo delicioso, de suculento néctar. Un verdadero festín, en verdad. En el país de las Merlinetas hay animales en cualquier lugar, grandes, cafés, negros, azules, blancos, pequeños, peludos, frondosos, minúsculos, amables, tiernos, gruñones, voladores...

La vida es un paraíso en el país de las Merlinetas y sus habitantes son los más felices del mundo.

Pero desde hace varios días las flores cuelgan la cabeza, los animales ya no corren, los árboles pierden sus hojas, y sus frutos quedan verdes.

Desde entonces, en el país de las Merlinetas, Madalena está inqueta. ¿Qué puede causar semejante pena en este país para que la vida se haya vuelto tan, tan triste?

Madalena es una niña que adora probar los frutos con todos los dientes, que recoge enormes ramos perfumados para su mamá y que juega carreras con los perros blancos.

Madalena es dulce, curiosa, astuta. Ama la naturaleza que la rodea y sabe lo apreciable que es la vida en el paísde las Merlinetas.

69

Madalena es la hija de Zora y de Huberto,
la reina y el rey del país de las Merlinetas.
Madalena es una pequeña princesa feliz.
Pero hoy quiere salvar a su reino
de la tristeza que lo invade.

No ve otra solución más que llamar a Irimé,
su dulce madrina. Irimé, el hada que vela por ella
con tanta felicidad.

—Irimé, mi dulce madrina, desciende hacia las Merlinetas
para que veas lo que me inquieta...

Más tardó en decirlo que, de la nada... ¡eh...!, ¡apareció el hada! Irimé ya está aquí.

70

—Dime pues, querida niña, ¡lo que tanto te preocupa aquí abajo!
Madalena la lleva de la mano, le muestra los campos, los animales,
las flores, le explica que no sabe por qué y no comprende cómo.
Irimé mira, observa, reflexiona... En verdad hay de qué preocuparse.

Se pone en cuclillas ante las flores y las acaricia.
Abraza los troncos de los árboles y los escucha. Pasa la
mano sobre los hocicos de algunos perros y los olfatea.
—A todos les falta calor. Tiemblan, tienen frío,
necesitan más sol...

Y, al unísono, Irimé y Madalena
alzan sus narices hacia el cielo y
buscan el astro solar que siempre
despliega mil fuegos.

¡Pero claro! Una gran nube
gris oculta el resplandor del sol.
Madalena siente escalofríos...

Irimé sonríe. Va a ocuparse
de ese gran copo gris que se instaló sobre
el país de las Merlinetas.

Con unos golpes de alas, llega a su lado. Irimé
lo toca con su vara, lo hace más ligero. Se vuelve
blanco, vaporoso, y se va a buscar a sus
primos que viven al fondo del valle.

Aquí, en el país de las Merlinetas, todo
el mundo necesita del sol, de su calor,
de sus rayos. La nube lo entendió
bien. Irimé le da las gracias. El sol
reaparece, más luminoso que
nunca. ¡¡Gracias, Irimé!!

73

Ahora, de nuevo, en el país de las Merlinetas, las flores son inmensas, multicolores, abrumadoras, olorosas. Soberbias. Los árboles dan frutos pulposos, rellenos de jugo delicioso, de néctar suculento. Un verdadero festín, en verdad.

En el país de las Merlinetas, hay animales por todas partes, grandes, cafés, negros, azules, blancos, pequeños, peludos, frondosos, minúsculos, amables, tiernos, gruñones, voladores...

La vida ha vuelto a ser un paraíso en el país de las Merlinetas, y sus habitantes son los más felices del mundo.

La cabra Isabel

Corinne Machon - Jessica Secheret

Había una vez un viejo rey que era muy rico y muy feo. Era tan avaro que jamás se calentaba su castillo, y por eso siempre estaba acatarrado, lagrimoso y aspirando por la nariz. Desde luego, este viejo gruñón no estaba casado, y esto lo inquietaba mucho. Sabía que, si moría sin heredero, toda su riqueza volvería al pueblo, y eso no lo quería.

Una mañana, a buena hora, decidió ir a recorrer la campiña para encontrar a la mujer que le convendría.

Haciendo camino, vio a una muchacha joven que trabajaba a la mitad de un campo, con una cabra a su lado. Rápidamente se ocultó detrás de un arbusto y sacó su catalejo para espiarla mejor.

"Es muy bella y trabajadora", murmuró en voz baja. "Una vez casada, podría trabajar para mí, eso no me costaría nada."

Fue a buscar a su viejo mayordomo y lo llevó hasta detrás del arbusto.

—Mira a esa chica joven, allá. Ve a ver a sus padres y diles que le haré el inmenso honor de que se convierta en mi mujer.

Pero, entretanto, la joven campesina había ido al pozo a buscar agua
para su cabra.

—¿Cuál chica joven? —preguntó el mayordomo—. ¡No veo a ninguna chica
joven!

—¡Mira por el catalejo, pobre tonto! ¡Ahí está, a la mitad del campo! ¡Sólo está
ella! ¿La ves, sí o no?

El pobre mayordomo, que estaba harto de recibir golpes y que detestaba al rey,
hizo una seña con la cabeza.

—Sí, sí, ya está, la veo, señor.

—¿Ves cómo es bella y fornida? —preguntó el rey, resoplando.

—Sí, sí —dijo el mayordomo mirando a la cabra pastar—. La veo, señor.

—Entonces corre con sus padres, date prisa y regresa con una buena noticia, o
recibirás cien golpes de bastón.

En su camino, el mayordomo pensaba: "el catarro se le habrá subido a la cabeza, ¡es seguro! Pero, una cabra, ¡es justo lo que se merece!".

Cuando llegó al patio de la granja se encontró con el campesino y la joven muchacha.

—¡Ya pagamos nuestros impuestos! —se puso a gritar ella cuando lo vio—. Ya no nos queda nada, ¡así que largo de aquí!

—Por favor, no vengo por eso.

—Entonces, ¿por qué?

—¿Cómo se llama su cabra?

—¡Isabel! —dijo el granjero—. Pero es nuestra y de ninguna manera se la daremos al rey.

—No se trata para nada de una donación, sino más bien de una boda. Su Majestad quiere casarse con su... eh... en fin, ¡señorita Isabel!

El campesino miró a su hija y los dos rieron a carcajadas.

—Por favor —exclamó el viejo mayordomo en tono suplicante—. No digan que no, porque me darán cien golpes de bastón. Mi vieja espalda no lo soportaría. La ceremonia tendrá lugar mañana y, unas horas antes, la recamarera de su Majestad vendrá a vestir a... a la futura desposada.

Se rieron de lo lindo pero, detestando al rey, aceptaron conceder la mano de su cabra.

El rey, fascinado, se limpió su gran nariz y dijo con aire orgulloso:

—Mañana despido al jardinero. ¡Mi mujer tomará su lugar en el jardín!

Al día siguiente, por la mañana, como estaba previsto, llegó la recamarera del castillo para vestir a la futura esposa. Se desconcertó mucho al verla pero, como detestaba al rey, hizo su trabajo con auténtico placer, con mucho cuidado, y no descuidó detalle alguno.

La cabra Isabel era de carácter dulce y todo se hizo sin problemas. Se dejó vestir y le colocaron una bonita corona de flores sobre la cabeza. Ya sólo quedaba conducirla al castillo.

Debido a su escapada matutina, el catarro del rey había adquirido proporciones monstruosas. Por otro lado, responsabilizaba por completo a su mayordomo. Sentado sobre su trono, con la espalda encorvada, respiraba eucalipto, con la cara metida debajo de una toalla para que no se escaparan los vapores.

—¿Quiere usted aplazar la ceremonia? —preguntó amablemente el mayordomo.

—¡Que se lleve a cabo! —dijo el rey, tosiendo, a punto de sofocarse—. ¡Que se concluya y que me dejen ir a acostarme!

Así, aquel hermoso día de primavera, la cabra Isabel se convirtió en la esposa legítima del rey. Y las últimas palabras del maestro de ceremonias fueron, como en cada boda:

—¡Puede besar a la novia!

El rey cascarrabias retiró el velo y pegó sus labios a los de Isabel. De inmediato, abrió los ojos, enormes, y dio un grito horrible al descubrir que su mujer tenía cuatro patas, una barbita y que mordisqueaba sus encajes. Cayó fulminado, muerto de una crisis cardiaca. Todo el mundo le aplaudió a la nueva reina, que se comía su ramo nupcial con entusiasmo.

¿Y saben ustedes lo que cuentan? Todos los bienes del rey fueron repartidos.

En cuanto a la reina Isabel, vivió mucho tiempo. Cada día pastaba el césped del castillo. Su leche era dulce y perfumada y, por ello, daba el más maravilloso de todos los quesos, ¡real, por supuesto!

La fiesta de las hadas

Calouan - Oreli Gouel

Hoy, en el país encantado, estamos de fiesta. La fiesta de las hadas. Todos se sienten ligeros, saltarines y alegres. Bernabé, el pequeño duende, ha tomado su flauta y se ha puesto a tocar. Maturín decidió acompañarlo con el pandero. Eduardo ha empuñado su banjo. Y Alfonso lleva el baile. ¡Qué bonito es!

Los pájaros, con sus mejores voces, silban mil cantos hermosos. En el aire revolotea una multitud de notas musicales.

Melinda, la bella luciérnaga, ha iluminado el cielo. Sus dulces amigas han hecho una guirnalda fluorescente que brilla de árbol en árbol.

Las abejas prepararon miel de la más sabrosa, que Noel, el oso rezongón, unta sobre un pan crujiente. Es la golosina preferida de las hadas. Así que, no hay duda, se van a deleitar. Las abejas zumban alrededor de Noel, orgullosas de su néctar dorado. Vigilan que este goloso no coma demasiado. De por sí ya está bien gordo.

Hermosas manzanas crujientes decoran las grandes mesas. Los manteles blancos están llenos con sabrosos postres. Enormes flores perfumadas embalsaman todas las narices. Es un verdadero festival de colores. Los pequeños ratones han recogido perlas de noche, perlas de lluvia, perlas de locura, y con ellas fabrican soberbios collares que deslizarán alrededor de los cuellos de las hadas.

Y las hadas han posado sobre sus cabezas coronas de espino y de listones entremezclados que aureolan sus cabelleras trenzadas. ¿Están listos todos? La fiesta puede comenzar. ¡Vengan, todos están invitados!

Aurora, Julia, Serina, Lison y
todas las pequeñas hadas calzaron sus más bellos zapatos
cubiertos de cascabeles dorados. Se pusieron a bailar y,
en sus pies, las frágiles campanillas no
dejan de tintinear. Y de pronto resuena un
redoble de tambores: todo el mundo espera...
Melinda resplandece,
más bella que nunca.

Aurora avanza como una reina:

—Hoy, ustedes lo saben, los hemos invitado a esta fabulosa fiesta para que podamos celebrar la boda de nuestra hermosa hada Yaline con nuestro elfo poeta Herbert.

Y en un halo de luz de estrellas, aparece Yaline del brazo del orgulloso Herbert. Sus alas están bordadas con mil piedras preciosas y su vestido de hilos de seda blanca es tan vaporoso que podría ser arrebatado por el primer soplo de aire. Herbert, enamorado, resplandece. Ama a esta bella hada desde hace mucho tiempo y hoy está feliz de poder casarse con ella.

Todos aplauden y aclaman a los novios.

Las hadas reunidas depositan a los pies de su amiga un ramo hecho de flores de felicidad, de flores de placer, de flores de la eternidad y de flores del amor. Al final de la velada, las pequeñas hadas no están cansadas. Se reúnen en gran farándula para bailar. Bernabé, Maturín y Eduardo conforman la orquesta. Pronto la noche ha llegado, hay que irse a casa. También es hora de que nosotros vayamos a dormir. ¡Llevando aún en la cabeza tantos bellos recuerdos de esta hermosa fiesta de las hadas!

El hada Armonía

Mireille Saver - Jessica Secheret

En el reino de las hadas, Armonía es la más hermosa y la más amable de todas las hadas jóvenes. ¡Pero es también la más atolondrada! Olvida todas las fórmulas mágicas, salvo una, su preferida: la que transforma a los sapos en príncipes.

Cada tarde, al volver de la escuela, transforma a todos los sapos que encuentra en su camino. Armonía gira tres veces sobre ella misma, bate las alas y recita, divertida:

—¡Clararifuente! ¡Que ese sapo tan feo se convierta en príncipe bien hecho de repente!

Desafortunadamente las ranas no están nada a gusto y se quejan con el rey de las hadas.

—Ya no tenemos marido —dicen las ranas—. Es por culpa de Armonía.

Pronto, el rey ve que decenas de príncipes llegan a tocar a su puerta.

—No hay suficientes princesas en su reino. ¡Qué escándalo! —dicen los príncipes—. ¡Es por culpa de Armonía!

Entonces el rey convoca
a Armonía y le ordena darles
de nuevo a esos príncipes,
inmediatamente,
sus formas de sapos.

Pero he aquí que la pequeña hada Armonía ha olvidado por completo la fórmula mágica. Sin embargo, quiere reparar su error. Se le acerca a un príncipe, gira tres veces sobre ella misma, bate las alas y dice:

—¡Clapatomifuente! ¡Que este príncipe del abrigo hermoso se convierta en sapo!

Al momento, el príncipe se convierte en... ¡caldero!

Perdiendo la cabeza, Armonía busca a otro príncipe y trata de recordar un hechizo, y luego otro, sin éxito.

En cosa de minutos, decenas de objetos de todo tipo saltan y gritan a su alrededor. Alertado por todo ese estruendo, el rey de las hadas llega a auxiliarla y todo vuelve a quedar en orden.

Pero, desde aquel día, Armonía ya no recita fórmulas mágicas.

Sin embargo, un día se encuentra con un príncipe, montado sobre un magnífico caballo blanco. Armonía entiende al momento que se trata de un príncipe de verdad, ¡y no de un sapo transformado!

—¿No hay princesa en este reino? No veo a ninguna —pregunta el príncipe.

Armonía acaba de aprenderse la fórmula que transforma a los ratones en princesas. Por casualidad, una pequeña ratona se esconde debajo de una hoja. Pero cuando va a recitar las palabras mágicas, Armonía vacila... Tiene temor a equivocarse.

—Lo siento mucho —lamenta Armonía—. Soy tan atolondrada...
—No importa —dice el príncipe—. Yo buscaré a mi princesa por mi cuenta.
El príncipe se ve tan triste que la pequeña hada gira tres veces sobre sí misma, bate las alas, y murmura claramente:
—*¡Abrocochiba!* ¡Que esta ratona asustada se convierta en graciosa princesa!

Al momento, la pequeña ratona se convierte en princesa.

Unos instantes después, bajo la mirada satisfecha de el hada Armonía,
un príncipe y una princesa se alejan sobre un hermoso caballo blanco.

—¡Viva! —exclama Armonía—. Soy quizás un poco atolondrada, pero como sea
tuve éxito... ¡Viva!

El amor de Violina

Calouan - Évelyne Duverne

Violina era un hada pequeña, dulce y ágil. Con su cola de dragona y sus pequeñas alas sobre su espalda de mujer, sólo en raras ocasiones se les aparecía a los humanos, que le tenían miedo. Pero Violina no deseaba espantar a nadie.

Cada tarde, al caer la noche, salía de su refugio y acudía a la llanura. Ahí, bailaba la más embrujante de las danzas. Sin cansancio y sin interrupción giraba y daba vueltas durante horas, desgranando con su fina flautilla de caña extrañas notas de música que hechizaban a la naturaleza.

Pero una noche nuestra mágica dragona tuvo un visitante. Ella siguió bailando, majestuosa y ligera. Su música era más lánguida que nunca y de inmediato Benito se enamoró de ella.

No podía alejar su mirada de esa criatura tan delicada y a la vez tan extraordinaria que revoloteaba ante él.

Ese ser divino era al que amaba y al que amaría siempre, lo sabía. ¿Le sería posible, algún día, acercársele y hablarle?

¿Entendería ella su lenguaje?

Volvió a su casa como autómata, y todos los días que siguieron no pensó más que en Violina.

¿Quién era ella? ¿De dónde venía?

Ella había invadido todo su espíritu. Sólo soñaba con ella, vivía únicamente para volver a encontrarla.

Cada noche, en la llanura, escondido detrás del gran olmo, sin ser visto observaba a la hermosa hada, mitad mujer, mitad dragona. Y guardaba su secreto en el fondo de su corazón.

Una tarde, cuando llegó más temprano que otros días, depositó sobre la llanura una carta, en la que había escrito:

"Señorita tan bella, mi corazón late sólo para usted. La amo."

Espió cada uno de los movimientos del hada y esperó pacientemente a que encontrara su mensaje. Pero esa noche el viento sopló más que de costumbre, y se llevó volando el papel antes de que Violina se percatara siquiera de su presencia.

Señorita tan bella,

Benito estaba desesperado. Todo estaba perdido. Tomó el camino a casa, más triste que nunca, con el corazón roto en mil pedazos. Si la naturaleza estaba en su contra, era porque aquel amor era imposible.

Sin embargo, el viento es muy travieso.

Mientras que nuestro joven amigo lloraba, regresando a casa, el hada recibió en pleno pecho un mensaje empujado por el viento. Turbada en sus movimientos, Violina se detuvo y descifró el mensaje. Un hada es una especie de maga, y desde tiempo antes había adivinado la presencia de Benito.

Era el primer hombre que la descubría, y no se había atrevido a acercarse a ella. Ella conocía hasta qué punto era dulce y respetuoso. Y sin admitirlo realmente, había esperado cada tarde que ese hombre estuviera allí.

Hoy por fin le había declarado su amor. Entonces ella
lo llamó:

—Ven, ternura mía, ¡ven a mi lado!

Pero Benito, triste y decepcionado, iba de regreso a casa.
De pronto, el viento sopló con tal fuerza que Benito
agachó la cabeza para enfrentarlo. En su oído se hizo
escuchar un murmullo:

—Ven, ternura mía, ¡ven a mi lado!

Benito reconoció la voz de aquella que danzaba cada noche
hasta marearlo, aquella a la que amaba más que cualquier
cosa en el mundo. Entonces, sin vacilar, corrió hasta la
llanura y descubrió a su hada que, con los brazos
extendidos, lo esperaba.

—Pero, ¿cómo es posible? ¿Quién... quién eres
en realidad?
Él tartamudeaba y Violina sonreía.

—Soy un hada. Me llamo Violina. Conozco tu nombre y sé de dónde vienes. Pero así no puedo amarte. Sin embargo, si tu amor es sincero, puedes reunirte conmigo en mi reino mágico... ¿Estás listo para eso?

Desde luego, Benito estaba listo. Poco importaba en quién iba a convertirse o, más bien, en "qué" iba a convertirse. Para él sólo contaba una cosa: vivir al lado de Violina.

Desde entonces, sobre la llanura, todas las noches pueden percibirse dos seres fantásticos: dos criaturas mitad humanas, mitad dragones, que bailan al ritmo de una flautilla de caña. Amorosos y satisfechos, vuelan y se enlazan...

Un hada pillina

Mireille Saver - Oreli Gouel

Maude es una encantadora pequeña hada del bosque. Vive en el hueco de un roble con su papá y su mamá. Como todas las hadas, Maude tiene que ir a la escuela para, a su vez, convertirse en una hechicera reconocida.

Pero esta mañana, Maude se siente tan a gusto en el calor, acostada en la cáscara de nuez que le sirve de cama, que decidió no ir a la escuela. Para ello va a fingir que está enferma.

Se hunde en su colchón de plumas de gorrión y grita con fuerza:

—¡Mamáááááá! Me duele la cabeza...

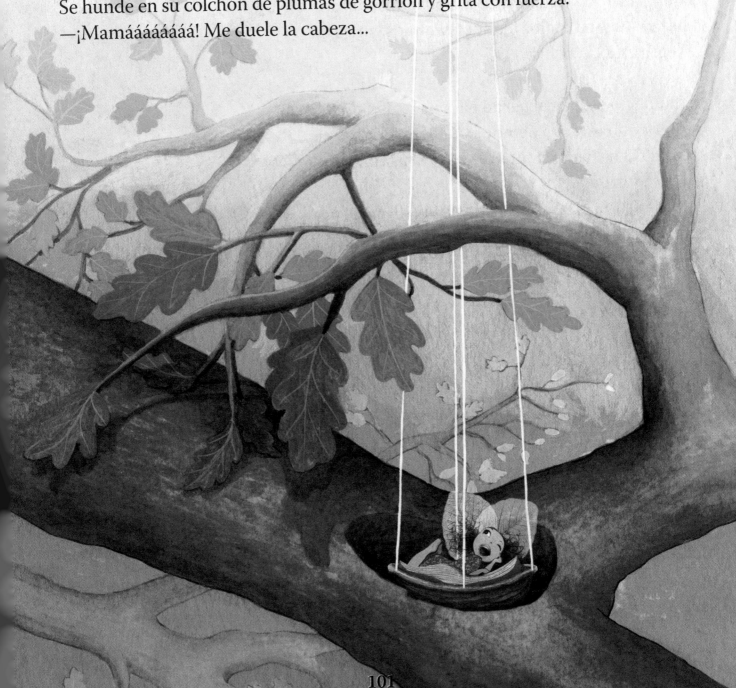

Al momento su mamá se precipita hasta su cabecera y le toca la frente.

—Te voy a traer un buen plato de gotas de rocío y sanarás muy rápido —le dice su mamá.

Maude bebe todo el contenido de su plato e incluso se come algunas fresas del bosque.

—¿Te sientes mejor? —le pregunta su mamá.

—Todavía me siento un poco mal —contesta Maude con suave vocecita.

—No te inquietes, cariño mío, en cinco minutos habrá pasado ese desagradable dolor de cabeza —dice su mamá, dándole ánimos, antes de regresar a la cocina.

Maude no está de acuerdo para nada. En cinco minutos aún estará a tiempo para llegar a la escuela de las hadas. Entonces hace una mueca horrible y grita:

—¡Mamáááááááááá! Me duele el estómago y tengo las alas todas arrugadas.

Su mamá llega a toda prisa y le pone las manos sobre el vientre.

—¿Te duele... aquí?

—¡Síííííí!

—¿Y aquí?

—¡Síííííí!

—Pues, bien, creo que hoy te quedarás en cama —concluyó su mamá—. ¿Estás de acuerdo?

—¡Oh, síííí! —responde Maude, jalando hasta sus orejas su cobija de pétalos de rosa.

Maude está encantada con su engaño. Qué bonito, pasar todo el día sin hacer nada. Es tan aburrido tener que aprenderse de memoria las fórmulas mágicas. Son tantas las que hay que memorizar. Hay una que permite convertir a un cuervo en elefante: "ramassi cortapata clafoutis escomoes". O bien, la que hace aparecer al sol: "scaroli, moujiba, saludosatí". Y la que desencadena las tormentas: "superico baraguí et cetera". Y muchas más, que comienzan con "abracadabra".

Lástima, no existe ninguna fórmula que impida que la escuela abra sus puertas.

Maude ya no quiere pensar en frases mágicas, quiere quedarse donde está y no hacer nada en todo el día.

Pero, finalmente, es muy aburrido no hacer nada y, al cabo de varios minutos, Maude ya no puede estarse quieta. Y justo entonces dos pequeñas hadas tocan a la puerta. Son Lili y Zoé que vienen a buscar a Maude para ir a jugar cerca del manantial.

Maude escucha a su mamá, que les dice:

—Lo siento mucho. Maude tiene dolor de estómago y sus alas están todas arrugadas. No puede ir a jugar con ustedes. Adiós.

Maude ya no entiende nada.

¿Por qué Lili y Zoé no fueron a la escuela?

Entonces, la pequeña hada llama a su mamá:

—¡Mamááááááááá! ¡Ya me siento bieeeeen! ¿Puedo ir a jugar con mis amigas?

—Mi pobre cariño —dice mamá—, pasar un miércoles en cama no es nada chistoso, pero tienes que quedarte aquí, bien abrigadita. Es lo más prudente. Mañana hay clases.

—¿¿¿¿Qué???? ¡¡¡¡No es posible!!!!

Maude se sacude en sus adentros, se le había olvidado que hoy es miércoles y que... ¡¡¡los miércoles la escuela de las hadas está cerrada!!!

Hilacha y el filtro que hace crecer

Mireille Saver - Dorothée Jost

Hoy tengo que inventar la mejor de las pociones mágicas para el gran concurso anual de las hadas", se dijo Hilacha. "Si gano, me darán mis alas de seda blanca."

Para este concurso, Hilacha decidió cocinar un nuevo filtro con poderes extraordinarios.

—En mi caldero debo meter
O-BLI-GA-TO-RIA-MEN-TE
plumas de cuervo para dar fuerza, un caparazón
de tortuga para la belleza, una pata de conejo
para la inteligencia, una oruga verde bien
gorda para la salud, algunas hierbas diversas
y, para terminar, un poco
de polvo mágico.

Pero, aun en el reino de las hadas, no es fácil atrapar un conejo y mucho menos un cuervo. En cuanto a la tortuga y la oruga, Hilacha no veía ni pista de ellas. Entonces Hilacha reflexionó. Si esos animales tienen poderes es gracias a su alimentación.

—Un conejo come zanahorias, por lo tanto necesito zanahorias. A un cuervo le gusta picotear la pulpa de los jitomates, así que necesito un jitomate. Una tortuga se agasaja con rebanadas de papa, así que necesito papas. Una oruga mordisquea coles, y por ello necesito una col.

Hilacha se pasó el día buscando todas esas legumbres. Después las puso a cocinar en un gran caldero. Incluso agregó una pera y dos nabos.

Al día siguiente todas las pequeñas hadas que aspiraban a tener alas de seda esperaban pacientemente su turno para la presentación al jurado. Hilacha llevaba su caldero con dificultad.

Por fin llegó su turno. La esperaban hadas de alas maravillosas. Estaban ahí el hada Viviana, el hada de los Manantiales, el hada Azul y el hada del Bosque. También el hada Carabosa, el hada Zinzin, el hada Vinagre y el hada Gris.

—¡Hada Hilacha, acércate! —ordenó el hada Carabosa.

Hilacha, hada diminuta con sus alas de papel crepé, se acercó, no muy confiada.

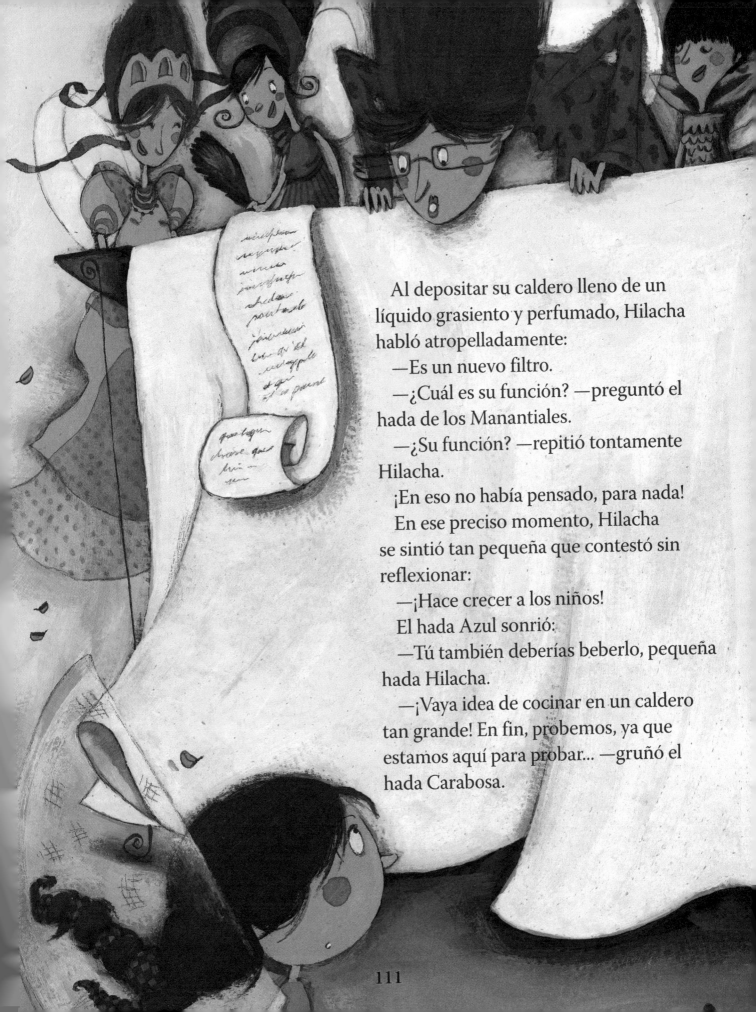

Al depositar su caldero lleno de un líquido grasiento y perfumado, Hilacha habló atropelladamente:

—Es un nuevo filtro.

—¿Cuál es su función? —preguntó el hada de los Manantiales.

—¿Su función? —repitió tontamente Hilacha.

¡En eso no había pensado, para nada!

En ese preciso momento, Hilacha se sintió tan pequeña que contestó sin reflexionar:

—¡Hace crecer a los niños!

El hada Azul sonrió:

—Tú también deberías beberlo, pequeña hada Hilacha.

—¡Vaya idea de cocinar en un caldero tan grande! En fin, probemos, ya que estamos aquí para probar... —gruñó el hada Carabosa.

Una por una las hadas hundieron sus cucharas en el caldero. Bebieron varias gotas y volvieron a comenzar, y después comenzaron una vez más, hasta que el caldero quedó vacío.

—¡Está sabroso! —dijo el hada Viviana.

—¡Qué delicia! —dijo el hada Zinzin.

Hasta el hada Carabosa dijo:

—¡Hum! ¡No está mal!

Las otras afirmaban con la cabeza, visiblemente encantadas.

Al final de la tarde, Hilacha, la pequeña hada, llevaba orgullosamente sus nuevas alas de seda.

Su brebaje le había gustado mucho a las integrantes del jurado. Pero, además de sus alas, ¡acababan de nombrarla mejor cocinera del año!

Las tres pequeñas hadas

Calouan - Évelyne Duverne

En un mundo encantado existen tres hadas.
Gersenda, Domitila y Basilisa son sus nombres.

Atentas y aterciopeladas, las tres hadas son adoradas por todos.

Siempre juntas y sonrientes se les ve volar.

Por dondequiera que pasan, explotan nubes de felicidad.

Con sus varas, siempre están listas... para embellecer la vida, suavizar las envidias y colorear las preocupaciones.

Pero permítanme hablarles de GERSENDA...

Fue en una tarde de invierno cuando desembarcó de Nueva Zelanda.

Había caminado mucho tiempo, dando pasos pequeños, hasta el final de la landa.

Quería conocer ese país del que tanto le habían hablado: Holanda.

Porque, por extraño que parezca, sobre el país existían las más fabulosas leyendas.

Algunas escalofriantes, otras minúsculas, unas fantásticas, otras amargas, algunas grandes.

Historias de quesos de mil sabores, de flores con pétalos de mil colores que crecen en franjas planas.

Sabía que en ese país mágico se volvería glotona, redonda... y golosa.

Desde entonces, cada mañana mordisquea pequeñas y crujientes galletas de almendras.

Después de bañarse, en su nuca se pone dos gotas de extracto de lavanda.

Y alrededor de su cuello amontona en guirnalda mil collares de colores.

Es el hada Gersenda.

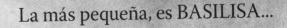

La más pequeña, es BASILISA...

La más pequeña, es cierto, pero no la más desprovista de malicia.
Sus pequeñas alas tan finas y tan delicadas parecen dos hélices.
Si se trata de volar, en cualquier estación del año, no es novata.
Con agitar algunas veces sus frágiles alas, vuela para ayudar
en los más infames suplicios.
Los más peligrosos maleficios.
Porque, antes que nada, no puede soportar
la injusticia.
Es maravillosa en su pequeño
vestido color de narciso.
Con perlas de luna posadas
sobre sus largos cabellos
tan lisos.
Esta pequeña hada es
devota, atenta y maternal como
verdadera nodriza.
Prepara sabrosas cremas y
suntuosas delicias.
Pero su más grande placer es
mordisquear durante todo el día
caramelos perfumados con regaliz o anís.

Así es Basilisa.

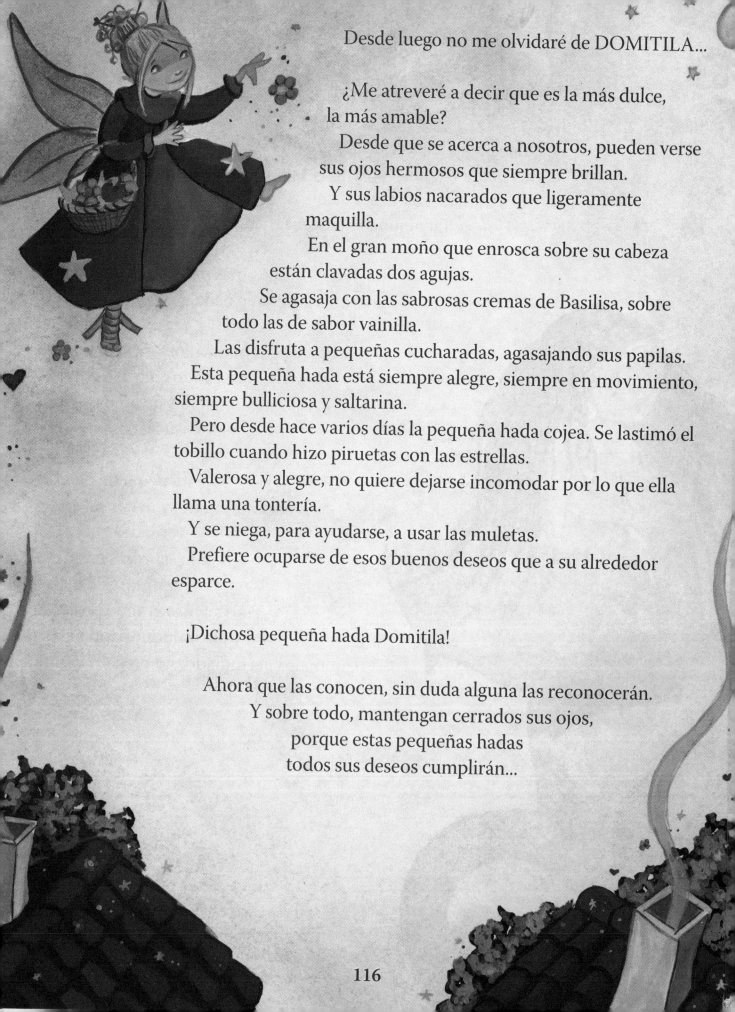

Desde luego no me olvidaré de DOMITILA...

¿Me atreveré a decir que es la más dulce, la más amable?

Desde que se acerca a nosotros, pueden verse sus ojos hermosos que siempre brillan.

Y sus labios nacarados que ligeramente maquilla.

En el gran moño que enrosca sobre su cabeza están clavadas dos agujas.

Se agasaja con las sabrosas cremas de Basilisa, sobre todo las de sabor vainilla.

Las disfruta a pequeñas cucharadas, agasajando sus papilas.

Esta pequeña hada está siempre alegre, siempre en movimiento, siempre bulliciosa y saltarina.

Pero desde hace varios días la pequeña hada cojea. Se lastimó el tobillo cuando hizo piruetas con las estrellas.

Valerosa y alegre, no quiere dejarse incomodar por lo que ella llama una tontería.

Y se niega, para ayudarse, a usar las muletas.

Prefiere ocuparse de esos buenos deseos que a su alrededor esparce.

¡Dichosa pequeña hada Domitila!

Ahora que las conocen, sin duda alguna las reconocerán.
Y sobre todo, mantengan cerrados sus ojos,
porque estas pequeñas hadas
todos sus deseos cumplirán...

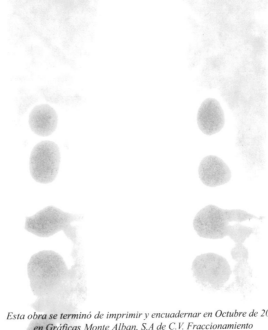

*Esta obra se terminó de imprimir y encuadernar en Octubre de 2007
en Gráficas Monte Alban, S.A de C.V. Fraccionamiento
Agro Industrial La Cruz, C.P. 76240.
El Marqués, Qro.*